Published by Scholastic Inc., *Publishers since 1920*. SCHOLASTIC and associated logos
are trademarks and/or registered trademarks of Scholastic Inc.
The publisher does not have any control over and does not assume any responsibility for author
or third-party websites or their content.

ISBN 978-0-545-84236-5

10 9 8 7   19

Printed in the U.S.A.   40
First printing 2015
Book design by Angela Jun

Un día, el Chavo se quedó dormido afuera de la casa de doña Clotilde.
–Zzzzzzzzz... Zzzzzzzz...

One day, Chavo fell asleep outside of Miss Pinster's house.
"Zzzzzzzzz . . . Zzzzzzzz . . ."

Doña Clotilde había horneado galletas para don Ramón y las puso a enfriar en la ventana.

–¡Voy a hechizar a don Ramón con estas galletas para que sea mi chiquitito! –dijo.

Inside, Miss Pinster had just baked cookies for Mr. Raymond. She set them down on the windowsill to cool. "I'm going to bewitch Mr. Raymond with these cookies, and he'll become my little one!" she said.

El olor de las galletas despertó al Chavo. Se paró tan rápido que se golpeó con la ventana.

–¡Ayyyyy! –gritó.

Chavo woke up when he smelled the delicious cookies. He sat up so quickly that he hit his head on the windowsill.

"Ouch!" he cried.

-¿Qué? -dijo el Chavo al ver las galletas.

"What's this?" said Chavo when he noticed the cookies.

Ñoño, la Popis, Quico y Paty también olieron las galletas y corrieron hasta la casa de doña Clotilde.

–¡Galletas! ¡Al ataque! –gritaron.

Junior, Phoebe, Quico, and Patty also smelled the cookies and ran over to Miss Pinster's house.
"Cookies! Let's get them!" they shouted.

–¡*Noooo*, esperen! Esas galletas están *embrujecidas* –dijo el Chavo.

"*Noooo*, wait! Those cookies are *bewitched*," said Chavo.

-Chavo, ¿te volviste loco? -preguntó Ñoño.
-No, en serio, doña Clotilde dijo que con estas galletas iba a hechizar a don Ramón y volverlo chiquitito -dijo el Chavo.

"Are you nuts, Chavo?" asked Junior.
"No, I'm serious. Miss Pinster said she was going to bewitch Mr. Raymond with these cookies and make him tiny!" said Chavo.

En ese momento, don Ramón pasó por ahí.
–¡Don Ramón, le horneé unas galletas deliciosas! –dijo doña Clotilde.

Just then, Mr. Raymond walked by.
"Mr. Raymond, I baked you some delicious cookies!" said Miss Pinster.

–¡Don Ramón, no se coma esas galletas, están *embrujecidas*! –dijo el Chavo.

"Mr. Raymond, don't eat those cookies!" warned Chavo. "They're *bewitched!*"

–¡Qué cosas tienes, Chavo! Lo que quieres es comerte mis galletas.
Mejor me voy antes de que ustedes me las quiten –dijo don Ramón.

"The things you say, Chavo! You just want to eat my cookies. I better go before you
kids try to take them all," said Mr. Raymond.

Mientras don Ramón se alejaba, una de las galletas se cayó del plato. El Chavo tenía tanta hambre que no pudo resistir la tentación...
–Ñam, ñam.

As Mr. Raymond walked away, one of the cookies fell off the plate. Chavo was so hungry that he couldn't resist . . .
"Yum, yum."

—Chavo, ¿te comiste la galleta que se cayó del plato? —preguntó Ñoño.

"Chavo, did you just eat the cookie that fell off that plate?" asked Junior.

-¡Pues sí! –dijo el Chavo–. Tenía muchisisísima hambre.
-¡Ahora te vas a encoger y te vas a volver chiquitito! –dijo Ñoño.

"I guess I did!" said Chavo. "I was so hungry."
"Well, now the spell is going to make you shrink!" said Junior.

Más tarde, Ñoño y Quico estaban buscando al Chavo y a don Ramón.
–Me pregunto dónde estarán –dijo Ñoño.

Later that day, Junior and Quico went looking for Chavo and Mr. Raymond.
"I wonder where they could be," said Junior.

Buscaron en la casa de don Ramón, pero no los encontraron.
—Pues aquí no hay nadie —dijo Quico mirando debajo del sombrero de don Ramón.
—¿De veras crees que se encogieron? —dijo Ñoño.

They searched Mr. Raymond's house, but couldn't find them.
"There's nobody here," Quico said as he looked under Mr. Raymond's hat.
"Do you really think they shrunk?" Junior asked.

De repente, encontraron al Chavo saliendo de la cocina.

-¡Ay, Chavito! ¡Las galletas sí estaban *embrujecidas*! -dijo Ñoño.

-¡Ya sé! -dijo el Chavo-. ¿Pero dónde está don Ramón?

Suddenly, they found Chavo coming out of the kitchen.

"Chavo! The cookies really were *magic*!" said Junior.

"I know!" said Chavo. "But where's Mr. Raymond?"

-Debe de haberse encogido también. Lo andábamos buscando para no pisarlo, pero no hemos tenido suerte –dijo Quico.
-Pobre don Ramón –dijo el Chavo.

"He must have shrunk, too. We've been searching very carefully so that we don't step on him, but we haven't had any luck yet," said Quico.
"Poor Mr. Raymond," said Chavo.

En ese momento, llegaron Paty y la Popis y vieron lo que había pasado.
–Si comemos galletas, nos encogeremos y así te ayudaremos a buscar
a don Ramón –dijo Paty.

Just then, Patty and Phoebe arrived and learned what happened.
"If we also eat the cookies and shrink, we can help you find Mr. Raymond!" said Patty.

–¡Los amigos siempre unidos! –dijo Ñoño.
–¡Eso, eso, eso! –dijo el Chavo.
¡Ñoño, Quico, Paty y la Popis comieron galletas y comenzaron a encogerse!

"Friends together forever!" said Junior.
"That's right, that's right, that's right!" said Chavo.
So Junior, Quico, Patty, and Phoebe ate the cookies and began to shrink!

–Creo que debemos ir al parque a buscar a don Ramón –sugirió el Chavo.
–Pero nos va a tomar muchísimo tiempo porque somos chiquititos –dijo Ñoño.

"I think we should look for Mr. Raymond at the park," suggested Chavo.
"But it will take forever to get there since we're so little," said Junior.

-Pues ni modo de pedir un taxi -dijo Quico.

-No necesitamos un taxi, miren -dijo la Popis señalando un gato.

"And there's no way to hail a taxi," said Quico.

"We don't need a taxi. Look," said Phoebe. She was pointing up at a cat.

–¡Vamos! –gritó el Chavo mientras se subían en el lomo del gato.
Los niños gritaron cuando el gato saltó y echó a correr.

"Let's go!" Chavo cheered as they all climbed onto the cat's back.
The kids all screamed when the cat jumped and took off running.

-Va muy rápido -gritó Ñoño.

-¿Dónde está el freno? -chilló Quico.

-Agarren lo que encuentren -gritó Ñoño sujetando la cola del gato.

"It's going too fast!" screamed Junior.

"Where's the brake?" Quico cried.

"Grab whatever you can," Junior shouted, holding on to the cat's tail.

El Chavo tiró de un bigote. Eso hizo que el gato frenara en seco...

Chavo pulled one of the cat's whiskers. That made the cat stop short . . .

¡y que los niños salieran volando!

—*¡Aaaaahhhhhhhh!* —gritaron mientras pasaban por encima del muro del parque.

. . . and the kids go flying!

"Aaaaahhhhhhhh!" they screamed as they flew right over the park wall.

Cuando los niños recuperaron el aliento, comenzaron a buscar a don Ramón.

-Tengo miedo –dijo Paty-. Siento que alguien nos observa.

-Se me hace que es don Ramón –dijo el Chavo.

-A mí se me hace que no es él –dijo la Popis señalando un par de ojos en la oscuridad.

Once the kids caught their breaths they began to search for Mr. Raymond.

"I'm scared," said Patty. "I feel like someone's watching us."

"Maybe it's Mr. Raymond," said Chavo.

"I don't think so," said Phoebe, pointing at a pair of eyes in the dark.

De repente, una araña gigante saltó de entre la grama.
—Pues no será don Ramón, pero está igual de feo que él —dijo Quico. Y cuando la araña comenzó a acercarse, gritó—: ¡Ay, mamacita!

Suddenly, a giant spider jumped out of the grass.
"Maybe it isn't Mr. Raymond, but it's just as ugly," Quico said.
But when the spider started coming closer, he screamed, "Oh, no, Mommy!"

–¡Chavo, Chavo, despierta! –dijo don Ramón–. Tienes tanta hambre que te desmayaste. Y ahora estás delirando. Cómete una galleta y te sentirás mejor.

"Chavo, Chavo, wake up!" said Mr. Raymond. "You were so hungry that you fainted. Now you're delirious. Eat a cookie, and you'll feel better."

–¡No! ¡Aleja esas galletas de mí! ¡Están *embrujecidas*! –exclamó el Chavo.

"No! Get those cookies away from me! They're *bewitched!*" Chavo yelled.

–Prefiero tener hambre que volverme chiquitito otra vez... *¡Adióoooooos!* –gritó el Chavo y salió corriendo tan rápido como pudo.

"I'd rather be hungry than tiny again . . . *good-byeeeeee!*" Chavo cried, and he ran away as fast as he could.